KB107881

거꾸로
인생

거꾸로 인생

발행일   2016년 11월 18일

지은이   김 철 성
펴낸이   손 형 국
펴낸곳   (주)북랩
편집인   선일영   편집   이종무, 권유선, 안은찬, 김송이
디자인   이현수, 이정아, 김민하, 한수희   제작   박기성, 황동현, 구성우
마케팅   김회란, 박진관
출판등록   2004. 12. 1(제2012-000051호)
주소   서울시 금천구 가산디지털 1로 168, 우림라이온스밸리 B동 B113, 114호
홈페이지   www.book.co.kr
전화번호   (02)2026-5777   팩스   (02)2026-5747

ISBN   979-11-5987-318-8 03810(종이책)   979-11-5987-319-5 05810(전자책)

이 도서의 국립중앙도서관 출판예정도서목록(CIP)은 서지정보유통지원시스템 홈페이지(http://seoji.
nl.go.kr)와 국가자료공동목록시스템(http://www.nl.go.kr/kolisnet)에서 이용하실 수 있습니다.
(CIP제어번호 : CIP2016027570)

(주)북랩 성공출판의 파트너

북랩 홈페이지와 패밀리 사이트에서 다양한 출판 솔루션을 만나 보세요!
홈페이지 book.co.kr   1인출판 플랫폼 해피소드 happisode.com
블로그 blog.naver.com/essaybook   원고모집 book@book.co.kr

거꾸로 인생

김철성 시집

시 없는 세상을 꿈꾸는 어느 시인의 세상 뒤집어 보기

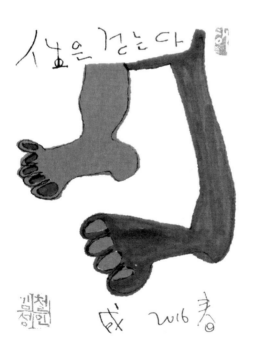

삶을 걷는다

북랩 book Lab

자서

바람 부는 세상에서

허공의 먼지였다가
신작로 돌멩이였다가
시멘트 틈 잡초였다가

거지이며
창부였다가

친일파이며
간신이었다가

오줌이었고
똥이었고.

2016년 끝자락 김철성

김철성 시집

차례

3부

4부

5부

6부

1부

삼류의 기쁨

일류 흉내만 내는
시와 그림에 대해

걸레 스님 중광은
철인 작품이라 했고

황대권 선생은
묘한 감동 자아낸다고

김병종 화백은
절절히 다가온다고

순창 사는 김두규 교수는
글들이 참 좋다고

인사동 송준 소설가와
서울 몽우 화백은

김철성 시집

전라도 천재 화가이자
뛰어난 분이라 했다

대가들 눈에는 삼류도
삼류만이 아닌가 보다.

비 오니

까닭없는 슬픔
까닭없는 절망으로
비가 옵니다

까닭없는 회한
까닭없는 추억으로
비가 옵니다

까닭없는 기대
까닭없는 꿈 버렸지만
비가 오니

까닭없는 눈물
까닭없는 노래 절로
불러 나옵니다

비가 오니
젊어 못 다 푼 열정
불타올랐던지

김철성 시집

맨몸 맨발로

익명의 거리 맘껏 뛰다

걷다 해 지네요.

아무래도
– 황 선생

삶은
긍정이어야 하지

종교나 철학 그 얄팍한
개념
알지 못하나

긍정 말하지 않는
긍정이어야 하지
아무렴

떨어져도 악착같이
피어나는
꽃들

찬란한 긍정이어야
하지.

아들아

경제는
성장해야만 하는 게
아니란다

성장의 반대는
둔화도 아니란다

보아라
오늘날 눈부셔 배부른
빈곤을

옛날 우리 할아버지 때
콩 한 조각 나눠 먹는
신화 있었단다.

거꾸로
인생

우리나라

일 있어도
늘 배고픈
서민

일 없어도
늘 배부른
재벌

일 있으나 없으나
늘 잘사는
정권.

김철성 시집

묵 반찬

돌이켜 안 봐도
작은 입
헛된 말 많았다

정의라는
반골기질 앞세운 실언
난무했다

묵 한입에 넣으면
말할 수 없으니
절로 묵언이라

아내가 묵 반찬
자꾸 권하는지
정말 몰랐다.

신 인문학

인생, 오래 살아야 맛 아니고
얼마큼 미쳐
사느냐가

사랑,
얼마큼 뜨겁게
불타오르냐가

술,
한잔 술에도
횡설수설해야

공부,
한 권 책에서라도
자유 얻어야.

김철성 시집

캠퍼스 산책1

살아 몸 던지는 벚꽃들 보면
동학혁명 때
광주민중항쟁 때 숨겨간
먹먹한 목숨들
생각나

심심할 때마다 산 꿩 우는
도립대학 도서관 뒷산
공동묘지 오르면
가진 거 없어도 절로
욕심 내려놓게 돼

문패 없는 잔향정 마루 걸터앉아
물오른 버드나무
솟구치는 분수 보면
골치 아픈 학적업무
싹 잊게 돼

땅바닥 제비꽃이나
민들레 같은 들꽃을 보면
하늘에만 주님 있다는 생각 접게 돼
낮아야 아름다운 이유
알 것도 같아.

김철성 시집

캠퍼스 산책2

물오른 버드나무
싱그럽고 탐나
거친 두 발 연못에 담가봐도
막힌 혈관 뚫릴
기미 없고

막 피어난 매화
자태와 향기 그윽해
매화 주변 배회해봐도
욕망으로 꽉 찬 마음
향기 밸 틈 없고

대 숲 날아드는 새소리
오리지널 클래식 멋져
허공 우러르며
목청 돋워도 욕설로 절인 목
쉿소리만 난무해

억지소리 시늉해가며
자연 사람이고
사람 자연이라 투덜대봐도
나 너무 멀리 왔다.

김철성 시집

윤 선생론

캠퍼스에 상처 난 나비
벚꽃으로 날아들 때,
배 선생이 준 과제는 일주일 말미의
윤 선생 리포트

리포트 쓰려면
자료조사에 목차 편집 순으로
죽죽 나아가야 하지만
윤 선생 알지 못하니
대략난감이라

떨어진 달빛 받은 신화라도
한 조각 건지려면
뭐든 좋다
알아야겠다

있긴 있다
학교 와 낸 시집 '검은 강물
서늘한 바람' 답례로
받은 필통

필통은 문이고
문은 펜이다 펜은 칼과 같고
그래서 론자 붙은
윤 선생론은

학이고
학문이고
학자이고
위도일손의 도이고.

어떤 개

충직한 개 주인을 안다
매일 맛난 밥 주며
머리 쓰다듬어 주니까

충직한 개 주인을 모른다
깡패인지 사기꾼인지
그저 좋아 꼬리만 흔든다

충직한 개 사람을 문다
눈에 뵈는 것 오직 제
주인뿐이니까.

막걸리

양주는 독하고
소주는 너무 써
가끔 맥주도 마시지만
역시 막걸리

막걸리도 머리 아픈
아스파탐산 없는
막걸리

이빨 약해
밥알 씹기 힘들 때
막걸리 한 병이면
저녁식사 끝

아내 한 잔 주고
내가 다 먹으며
매일 먹어 건강 걱정했는데

방송에 막걸리가
항암작용 한다니
걱정 났다.

남은 생

낙 없음을
낙으로

무능함을
유능함으로

잔병치레를
건강으로

미움을
사랑으로.

평화의 기도

이룰 수 없는 사랑이
슬픔인가요

이룰 수 없는 통일이
슬픔인가요

세상의 핵무기며
핵발전소 싹 쓸어 모아

한 백 년 축포도 쏘고
어둠도 불 밝혀

남남북녀며
세상남녀 부둥켜안고

울음 울다 검은 피마저
바닥 보게 해 주세요.

옹정역

노향림의 '비둘기호'
이시영의 '미카 16'

전라선
남원 옹정역을 노래한
두 편의 시

천 년 후
함박눈 퍼붓는 텅 빈
옹정역

다시
누가 살아있어
노래 부를 것이냐.

김철성 시집

가을에는

어디 집 근처 언덕에라도
올라

찬바람 맞으며
떠가는 구름이라도
봐야 겠다

냇가나 강가 죽치고
앉아

강태공 없어도
조잘대며 흐르는 물살
봐야 겠다

서해안 선창가 소주잔 없어도
장엄하게 져가는 일몰
봐야 겠다

어디 공원 벤치에 앉아
떨어진 낙엽 하나하나에
앞서 살다간 이들

이름이라도
적어봐야겠다.

김철성 시집

2부

변산
– 뭐 하러 왔나

채석강에서
월하독작 해대는
이태백의
술주정 들으려고

울금바위 아래
백제 유민들
나라 잃고 방황하는
통곡 들으려고

월명암에서
부설거사
그렇고 그렇게 살라는
헛된 깨달음
들으려고

윤구병 선생의
유기농 공동체
천덕꾸러기 농사철학
살아보려고

개심사에서
허균과 매창의
묵은 사랑 씻김굿
들추어 보려고

관광차 늘어선
바닷가 바람 부는 횟집
활어 비명 소리
소주병 깨지는 소리
유행가처럼 퍼지는

여기 변산에.

가지 말라

낙엽 지는 날
수박등 너머 불연사
가지 말라
인생이 낙엽이라 위로해 줄
스님 없으니

눈 내리는 날
수박등 너머 주안교회
가지 말라
인생이 순결하다고 확인해 줄
목사 없으니

바람 부는 날
수박등 너머 약속다방
가지 말라
인생을 행복하게 해 줄
위정자나 국가 없으니

비 내리는 날
수박등 너머 믿음 복덕방
가지 말라
인생도 빗물 같아
재산 붙잡을 수 없으니

봄 떨어지는 날
수박등 너머 매화밭
가지 말라
인생 알 수 없는데
저 홀로 꽃잎 떨궈 대니.

헛된 꿈

어릴 적에는
어른만 되면 뭐든 다
할 수 있을 줄 알았네

말만 앞서는 정치
탈세 일삼은 재벌가
법 위에 노는 상류들

한방에 날려 버릴 힘
생겨날 것만 같았네

떠도는 노숙자들
쌀 없어 배곯는 사람들
돈 없어 병원 못 가는
가난한 사람들

단박에 해결할 수
있을 것만 같았네

막상 어른이 되니
뭐하나 해결할 힘없어
절간과 교회당 자꾸 기웃대 봐도

전지전능한 힘
얻을 수 없네.

사즉생 삼성

박노해의
삼성에 대한 시 읽고
김용철의
삼성에 대한 책 보고

변두리 주점에서
제 자식 삼성 취직하려다
미역국 먹었다는
사연 듣고

세계별이라는
삼성 생각해 본다

답은 하나
사즉생.

현실

대학에
취업지원센터라는 게 있다
말 그대로다

졸업 후 취업 많이 시켜야
학교 잘리지
않는다

국민이 주인인
민주주의 국가라는 게
교육이라는 게

슬프게도
재벌 경제 논리에
착하게 길들여져

전인교육 운운하며
하나같이 돈 버는 기계로
만들어 가고 있지만

언론이 언론을 잃은
정치가 정치를 잃은
자본이 자본을 잃은

우리들 세상
마치 재갈 물린 짐승처럼
너무 조용하기만 해.

춘몽

1
향일암
노승의 마지막 염원
태양 끌고 와
꽃 삼월
다비식 때 불씨 삼고
싶을 뿐.

2
태양으로
뛰어들어가
재 마저 남기지
않고 산화하고
싶을 뿐.

세 가지

대한민국에 태어나
세 가지 걱정
숙명인가

입시
취업
노후

또 있다
없애고 싶은 거
세 가지

휴전선
미군기지
정치인

영원히
살리고 싶은 것
세 가지

김철성 시집

하늘에 칠성

땅에 산신

바다에 용왕.

웃음 춤추는 검
- K 교수

이름과 삶이
맞아 떨어지면서
英敏했다

다만
오리아 마운틴 드리머의
초대란 시가 노래한

당신이 사랑을 위해
진정으로 살아있기 위해,
주위로부터
비난받는 것을
두려워하지 않을 자신이
있는가 알고 싶다

를 함께 부르다가

여전히 흐린 세상
칼집 없는 K 교수의
웃지 않아도 웃어야 하는
舞笑劍의 志向을

웃어야만 평화 온다는
고승 틱낫한의 큰 말로도
가둘 수 없었다.

학 나래 펴 앉은
— 잔향정

이병하 교수의
한옥체험관 개관 기념
시 한 수 요청 허언은 허언의
허언 아니기에

정직해야 한다
한옥이라 다 한옥 아니고
우리 대학 한옥건축과 작품
한옥 탐나는 것이라

전국 퇴락누정 가면
시인묵객 편액 빼곡해
그 뜻 몰라도 유서 깊어
옷깃 여며지게 되기에

세한삼우의 연못가
학 나래 펴 앉은 한옥체험관에
누구라도 먹 냄새 시능 적서
편액 하나 올려야 했다.

거꾸로 인생

헐레벌떡
뭐 먹을 게 있다고
앞만 보고 뛰어왔는가

기웃기웃
뭐가 불안해
눈치 보며 살아왔는가

멈칫멈칫
뭐가 아쉬워
지난 일 못 잊고 있는가

쉬엄쉬엄
이왕 엇나간 인생
거꾸로 기면서 살자.

신 삼국시대

아무렇게나 자라
아무렇게나 밟혀 죽어가는

이름 붙여지지 않은
잡초들

갑은 갑끼리 살아라
을은 을끼리

땅바닥에
지게 작대기로

깊게 국경선
그어놓고

병들은
병끼리 살려니.

어떤 세상

꿈 이루어지지 말아야 하리
희망도 마찬가지

꿈
희망 남아 있어야 하리

꿈도 희망도 없는
세상이기에.

남원 광한루

광한루원에는 시비
하나 서 있다

남원 광한청허부
항아는
진의 시황제도 못 먹은
불사약 훔쳐와

요천수에
봉래 방장 영주
삼신산까지 만들어
풍류 삼더니

사복도 예도
어제의 사람 되었는데
늙어도 늙지 않는
춘향이 되었다

고 새겨진.

김철성 시집

다시 태어나면

독립운동 절대 안 할 거야
친일파나
친미파 되어
호의호식 잘 살 거야

만년 야당 안 할 거야
철새 소리 들어도
여당에 빌붙다가
장관 자리 앉을 거야

의리의 사내 안 할 거야
치사한 놈 되더라도
잘 비비고 줄 잘서 먼저
출세하고 볼 거야

정직하게 안 살 거야
사기꾼에 범법자되더라도
악착같이 돈 모을 거야
돈이 만사형통이니까.

불연사

깨달음마저 없으라는
광주 무각사 이름도
좋지만

작위며 행위 말라는
강진 무위사 이름도
좋지만

불연 있거나 말거나
수박등 고개 불연사
더 좋아라.

왜 젖지 않을까

왜 허공은
비에 젖지 않을까

왜 바다는
물에 젖지 않을까

왜 예수님은
세상에 젖지 않을까

왜 나는 성인의 말씀에
젖지 않을까.

3부

너에게 주고 싶다

너에게 주고 싶다
좋은 인연
좋은 마음
좋은 생각을

너에게 주고 싶다
따뜻한 사랑
따뜻한 茶 한 잔
따뜻한 人情까지도

내 마음 뜨락에 심어놓은
감나무 위 서리 맞은
홍시 두 알

그 하나 까치밥으로
남겨 놓았지만
남은 한 알은
너를 위해 남겨 놓았네

그대 언제라도 오셔서

내 마음 드시게.

거꾸로
인생

손동수

맞다
언제 부르고 만 이름이었나
살아와 버린 날로 거슬러 올라가니
딱 그때다

거친 손가락으로 다 못 헤아려
계산기 두드려 보니

준수한 외모
조용조용한 걸음
부드러운 음성의
25년 전, 동구청 경리계장

그때 그렇게만 생각했었다
어디 깊은 산에서
도 다 닦고 더 할 일 없어
세상구경 나온 도인 아닌가 하고

이름 속에는

빛나는 역사 말고도

추억이라는 게 숨어 있었나 봅니다

잊어 잊혀지지 않은.

담양에서1

학교에 와 잘 먹고 잘 놀았다
숫자 어두운 놈
학적업무에 골치 어찌 안 아팠겠냐만
오늘 떠나가면

관방제림 뚝방길 떨어지는
목 놓은 수컷 매미 소리
떼까지 똥 싸며 조잘대는 소리
그리울 거다

남산에 잦은 비 그치고 피는 운무
비바람 칠 때
삶이 통째로 흔들리는 죽녹원 대숲
그리울 거다

그게 다 아니지
사람 사람이 더 그리울 거다
거시기는 어제 가고
거시기는 내일 가고.

김철성 시집

담양에서2

용 보았구나
용소
용면
용천

용의 주인 타쯔루도

용 물이었지
물의 신이었지

영산강은 흘러
그리움도 흘러

죽녹원 푸르구나
담양평야 넉넉하구나

가을 지기 전 눈부신
신화 보았지.

담양에서3

담양댐 상류 거닐다
썩어 가는 영산호
생각한다

아니 인공 댐에 막혀
썩어 가는 4대강
생각한다

거두절미하고
댐 허물어야 한다
밤낮 흘러야 한다

우리는 우리 강산
어떻게 지켜왔는가

몇몇 모리배 농간에 휘둘린
역사 아니었지
않은가.

김철성 시집

가을

낙엽 떨어지는
읍내 변두리 한참 동안
걷게 되네요

공원 벤치에 앉아
지난 일 많이 떠올려
보게 되네요

수해 입은 북한
사드 위협받는 남한 걱정에
고개 마루 한참 서 있게 되네요

교회나 절집 종소리
들려오면 신앙 없어도
손 모아지네요.

예쁘다

산야에 핀 꽃들
나무에 달린 나뭇잎 보며
차창 밖 산야 보며

예쁘다, 예쁘다
감탄사 연발하는
아내를 보면

예쁜 눈으로 세상을 보면
미운 놈 미운 세상
없을 것 같다

교회나 절집 없다 해도
예쁜 세상이 천국이나
극락 아니랴.

김철성 시집

위하여

누구 위한다며 양팔 쳐들며
고래고래 소리 쳐대는 작자 치고
제대로 누구 위해 사는
사람 못 봤다

보아라!
저 정치하는 인간들
유세현장, 공약사항 들어보면
금방이라도

대한민국 통일 오고
2만 달러 넘는 선진국에
빈부격차 사라지고
무상급식 무상의료에

노후까지 편안한 세상
금방이라도
도래할 것만 같지만
세상 어떻게 바뀌었나

정치의 헛된 공약
사회곳곳 암처럼 퍼져
개돼지보다 못한 청맹과니들
따라 외친다

위하여.

각화동 꽃집 사람들

따로
花曆 만들어
나다닐 필요 없겠다

따로
종교 없어도
절로 착해질 것 같다

따로
화장하지 않아도
얼굴 예뻐질 것 같다

따로
공부하지 않아도
마음 향기로울 것 같다

따로
주점 가지 않아도
향기에 취해 비척거릴 것 같다.

고향 동창

보고 싶었던 어릴 적 동무
불러보고 싶었던 이름
이춘배

두 해 전인가
남원 어느 천변 장례식장서
술잔 못 나눈 게

목 가시처럼 걸렸는데
기어코 어젯밤 꿈속
찾아 왔구나

뭐하며 사느냐 묻기에
풍수공부 한다 하자
춘배 철학자 됐다나

일전 고향 옹정에 갔었다
너 살던 집이나
나 살았던 집

김철성 시집

망초만 허연 폐허 됐다
날 푸른데 홀로 청승맞게
황성 옛터만 또 불렀다.

비 내리는 가을밤

할 말 못해도
이야기 하고 싶을 때 있다
노래 못해도
노래 부르고 싶을 때 있다

스치는 바람이라고
어찌 슬픔 같은 게 없으랴
이름 없는 낙엽이라도
가벼운 삶 아니었을 것이다

아무리 아니라고 부정해도
너 모른다 외면해도
가을이 왔다
눈부신 밤이 되었다

비가 내린다
반기는 이 없어도 비가 내린다
남에도 가보지 못한 북에도
함께 비에 젖는다.

김철성 시집

독우물 도랑

흙으로 둑 쌓은 독우물 도랑
시멘트로 바뀌었다
조잘대며 흘렀던 물줄기도
말라버렸다

물 마르니 피라미도
물줄기 가로 지르던
징그럽고 예쁜 물뱀도 사라졌다
사라진 게 그것뿐이랴

족대로 고기 잡던 추억도
농사철 앞두고 뒷산에 올라
맥강수 보막이 나오라 외치던
늙은 이장의 쉰 목소리도

택식이와 꼴 베러 가다
옹정 도랑가 버들피리 꺾어 불며
서울 간 동무들 그리워했던
가버린 날의 흔적도.

인면인심

암만 생각해도
인면수심이 아니다
인면인심이라야 맞다
방송을 보라
신문을 보라
짐승보다
벌레보다 못한 인간들
어디 한둘인가.

후진국

최재천 교수의 '다윈지능'
두 번째 읽는데

생명체의 목적
생존과 번식이다

생존은 식이요
번식은 색인데

텔레비전 보면
오직 먹방 뿐이다

책에서 번식 없으면
안 태어난 것과 같다는데

어찌 색방은 없는 것이냐
색 없는 식 없는데.

전남도립대학교 노래

추월산이 산 만나 물길 이루고
담양천이 물 만나 이룬
햇살 부신 언덕에

배움 물어 노래하는 이
그대 벽오동 봉이신가
대숲 황이신가

남도라 담양
삼인산문필봉 기상 서려 내린
향교리와 서원리에
깃든 천 년 신화
비로소 꿈틀대 기개 펴는
전남도립대학교라
자유만이 진리 아닌가

우리는 알고 있다
다능인재 모여 꿈꾸는 게
어찌 오늘 아니고 미래여야만 하는가를

아픔 딛고
눈물 닦고
삶의 꿈 이루러 왔다
희망마저 넘고자 왔다

가야 한다
여기서 멈출 수 없다
푸르른 창공 맘껏 내 달리자
가볍게 하나 이룬
대한민국 너머

고조선의 땅 만주벌도 지나
광활한 바람의 땅 대륙으로
거센 파도 뛰어 넘어
찬란한 세계, 바다로
바다로.

일신교회

진부함이며 낯익음
살아 죽음이라

광주 대남대로 변
러브모텔 자리 들어선

문패 대신 막대기 십자가라
이름도 좋구나

늘 새로운 하루라는
일신교회.

김철성 시집

고향에 가도

고향에 가도
고향은 없다

남원시 금지면 옹정리 도로변
다리 밑에 살던

스스로 천한 사람이라
천식이라 불렸던

아이들 놀림 받던
거지 할아버지 간 곳 몰라

굴다리마저
메워지고 없네.

극락과 천국

절집에 가니
불사도 많이 하고
청정하게 무소유도 해야
극락 간다 했다

교회에 가니
헌금도 많이 올리고
이웃에게 봉사도 해야
천국 간다 했다

그 말 듣고
무일푼 인생이라서
수단 방법 안 가리고
개 같이 모았다

얼마 남지 않은 인생
죽어서
반드시 극락이나
천국 가려고.

가을이 오면

청승맞게
통기타에 가을 낭만 노래
같은 거 부르지
않으리다

낙엽 쪼가리에
그립다 보고 싶다는 글 써
변두리 우편함에 넣지도
않으리라

고독한 척
철학자 흉내 내며
세상 고민 짊어지고
방랑하지도 않으리다

죽는 게 무서워
교회나 절간 죽치고 앉아
되지도 않는 찬양의 노래며
억지기도 않으리라

누구처럼 폼나게

모든 죽어가는 것을 사랑

해야지라는 헛소리도

집어치우리라.

김철성 시집

역사

역사 교과서 논란 심해
바른 역사책 봤더니
가관이더군
주범 친일파야
한민족의 시작
고조선이야
대한민국과 만주 전 지역
우리 영토였어

대한민국으로 국한된 삼국시대며
한사군 설치
삼한시대 등 죄다
거짓말

읽어야 해
해남사람 윤내현 교수 역사책
찾아야 해
만주 벌 우리 땅.

물 찾는 나그네

아내가 언니라 부르는
귀례 언니 생일날 푸짐한 집에서
맥주 마시고

2차로 멋쩍게 우뚝 선 남구청 뒤
광주 강남 노래방에 가서
노래하는데

승현씨 듬직한 외아들
폼나게 노래 뽑아내는데
죄다 올백 받았다

백 점 받은 노래 중에
계곡 속의 흐르는 물 찾아
그곳으로 여행을 떠나요에서

기적처럼 물 뿜어져 나와
물가 터 찾는 나그네 삶
흠뻑 적셔주고 있다.

부활
– 장 선생

태양 같은 열기로
누군가 불타오르기도 하지만
폭포수 같은 시원함으로 누군가는
묵은 갈증 풀어내기도 하고

또 누군가는
나뭇잎처럼 검푸르게
물고기처럼 싱싱하게
새 생명 잉태하기도 하고

사이비 교주 판치는 세상이라서
진리 부스러기 아니라
자유만을 미련 없이
돌처럼 던지나니

나 뜨겁게 사랑하라
나 시원하게 나래 펴라
살아있는 것들도 함께
거듭 살아나.

블랙리스트

예수님,
예쁜 여자와 남자들
교회로 꼬여내 헛된 믿음
심어 주었으니

삼성 가,
한국의 천재들 돈으로 유혹해
사리사욕의 도구로
만들어 버렸으니

스카이,
착한 학생들 경쟁심 부추겨
황무지 교육으로
바꿔 버렸으니

정치인,
거짓말을 참말처럼
세상 어지럽히고도
반성조차 없으니

김철성 시집

미국 놈,

한국을 전쟁터로 만들어

무기 팔아 자국 배만

채우려 하고 있으니.

춘래불이춘

하늘 눈 어둡고
땅엔 농약 냄새

실개천에도
강, 바다에도 폐수
넘쳐나는데

삼천리 금수강산에
봄이라고 꽃 피어난다

향기 없어도
봄은 봄이다.

인천

거울에
비친 내 얼굴
내 얼굴 아니다

아들 얼굴 보니
30년 전
내 모습 있다

아버지가 터 잡은
송현동 돌산 노을
아름답다

역사는 가는 것도
오는 것도
아니었다

인천 지하철
어제도 내일도 그 짓만
왔다 갔다 해댄다.

없는 세월의 노래

불러서
부른 적 없는 노래여
들어서
들은 적 없는 노래여

흐른 적 없어
흘러가 버린 강물이여
갈 곳 없어 떠 있는
허공의 구름이여

태어나서
태어나지 않은 삶이여
죽어서 죽지 않는
죽음이여

불러서, 불러서
스쳐 지나갈 바람이여
헤매도, 헤매도 깨지 못할
꿈속의 꿈이여.

김철성 시집

동구1

개명한다네
화도진구로
조선 말 반짝였다 사라진
역사와 문화 기렸다

참 좋구나 하다가
뒤돌아보니
역사와 문화 사라진다
돈 된다고 고향집 죄다 헐고
아파트 짓고 진다

내 사는 담양에도
향교리가 돈 되는 죽녹원로로
지명 바꿨어도
기왓장 깨진 향교
남겨 놨는데.

동구2

화도진구로
개명한다는 소식 듣고
인천지명 유래집
들춰 보니

화도진은
화수동 화도마을에 있었던
군사기지 이름일 뿐

화도라는 지명도
곶섬의 와전일 뿐

동구라는 명칭은
1968년 태어났고
화도진은 1879년
태어났고

그러는 너와 나
언제 태어났는가
이름 또 어떻게 지었나.

김철성 시집

풍수 이야기
– 아내 연숙에게

좌청룡 우백호
그대와 나 명당 언덕에
황토 초가 한 칸 심어놓고

명당수 물 길어다가
된장국에 꽁보리밥

철 따라 꽃 피고 눈 내리는
이 터에
마음 착한 산 짐승
몇 마리 데리고

아들딸 낳아
튼튼히 기르며

오순도순 한세상
산처럼 물처럼 그렇게
살아보세.

까치 마을

광주에 까치 살고
까치 고개 있어라

이마 촘촘히 맞댄 집들
낯익은 골목 사라지고

눈부신 아파트만
하늘 향해 솟았구나

까치 살던 늙은 나무들
모두 베어지고

까치 대신 실향민
까치집에 와 사는구나.

가을 슬픔

출근길
담양 어디쯤 다리 건널 때
나란히 놓인
일제 때 만든 군수물자 수탈용
철도 교각 보다가

일본의 노벨상
수상 소식 떠올랐다
일본의 놀라움
두려움까지 넘어섰다
독도와 가야를
자기 땅이라 주장하고

중국은 만주벌 지나
북한까지 만리장성 선 그어
자기네 땅이라
설쳐 대는 데도

우리나라 착해 빠졌나
삼류에 친일정치 판 여전해
제 식구 먹이 다툼에만
헐떡대는 가을이야.

김철성 시집

120만 개 일자리

한 해 국방예산 40조라는
보도 접하고
1억1만 개가 1조라고 하니
1억40만 개가 40조 아닌가

그 예산으로 청년 정규직 만들면
연봉 3천3백만 줘도

1억으로 3명 일자리
1조는 3만 명 일자리
40조면 120만 개 만들 수 있다.

공무원 전체 수 102만 명 보다
더 많은.

남원

남원, 88고속도로 요금소 빠져나와
오른쪽

남원장례식장
남원공동묘지

남원성 북문터 만인의총 있던 남원역 자리
남원 오거리
지나자
버스 승객 중 누군가 말한다

아, 인자는
여기부터가 천국이고 극락이랑께.

맑은 외침
- 최 교수의 시집 '여의도 갈 배추'

거짓 역사책에
허무한 이름 새기자는 게
아니란다

주머니에 지폐 몇 장
남몰래 구겨 넣자는
것도 아니란다

나만 옳다는
유용의 진리에 산다는
만용 버리란다

그러니까
네 허튼 몸짓은 나의
찬란한 자유가 되고

네 행복이 슬픔이

나의 기쁨이고 눈물

이라는 것이다

도공처럼 시 빚는

최 교수의 새 언어들

그 맑은 외침들은.

시 몰라도 시인
- 장 교수의 시 '소담원'에 붙여

완주오성 물가 터 잡아
이상향 소쇄원 품은

儉而不陋 소담원 심어놓고
위봉산 신선으로 놀더니

갈바람에 시심까지 돌아
절로 한 수 뽑아내더니

소쇄원 풍류 담았는지
소담원 역사 담았는지

소쇄원 광풍각 물결치고
소담원 왕벚꽃 흩날린다

어느 가을 햇살 떨어지는
도립대학 잔향정 마루에 앉아

시 이야기하는 두 사람

듣는 이만 시인이었다.

소인배

대통령은 나라 걱정에
잠 못 이룬다고
했는데

자치단체장은 지역 걱정에
잠 못 이룬다고
했는데

학교 총장은 학교 걱정에
잠 못 이룬다고
했는데

나는 고작 쌀독에 쌀
떨어 졌다고 잠 못
이루고 있다.

김철성 시집

별것도 아닌 인생

별것도 아닌 글들이
종북이니
19금이니 하는 촌스런 칼에도
휘청거려지네

별것도 아닌 몸이
콧대 높이고 가슴 성형까지 했는데
봐 주는 놈 하나 없어
휘청거려지네

별것도 아닌 직위를
명함에 새겨 주위에 뿌렸더니
사돈에 팔촌까지 청탁하려 달려드니
휘청거려지네

별것도 아닌 인생이
동네 형들 세상 등질 때
천국 독점한 교회가 손 내밀자
휘청거려지네.

거꾸로
인생

오늘부터

교회 나가기로 했다
정권의 실정, 친일파들
막 쌍욕 해댄 것
회개해 보려고

절집 나가기로 했다
사랑했던 놈, 미워했던 놈
모두 놔 버리는 참회
기도해 보려고

통일교 나가기로 했다
남과 북, 분열된 지역감정
하나 되게 해 달라는
기도해 보려고

무당집 가기로 했다
교회와 절집과 통일교의
거짓 기도가 효과 있을지
확인해 보려고.

행복

헤르만 헤세는
'행복'이라는 시에서

'모든 소망을 단념하고
목표와 욕망을 잊어버리고
행복을 입 밖에 내지 않을 때'

행복하다고 노래했지만

지겨운 출근길
광주 월산동 수박등 고개를 넘는데
연 맺지 말라는
불연사 간판 보았다

수박등 고개 끝
약속도 말라는 것인가
문 닫은 지 오래된
약속다방도 보았다.

한 때

도사 되고 싶어
종교 책 두루 열심히 봤다
서민들 지옥고통 시원히 해결해
주고 싶어서

시인 되고 싶어
시집 읽고 글 시능도 해봤다
불평등한 세상 아름답게
혁명해 보고 싶어서

지관 되고 싶어
두툼한 풍수 책도 보았다
살아 가난했던 이들 죽어
편히 쉬게 해 주려고

그러나 꿈은 꿈일 뿐
돈이 주인 행세하는 세상에서
돈 없이는 아무것도
해결할 수 없어

김철성 시집

정치 해보기로 했다
아니 재벌 돼 보기로 했다
아니 하느님 돼 보기로 했다
아무것도 아닌 내가.

자본주의

광주 월산동 벧엘교회 지나치다
화강암에 새겨진
오직 주께 영광을
글귀 보았다

금지면 지명 조사차
남원 금지 반월마을 지날 때
펼침막에 적힌
진리가 너희를 자유케 하리라
글귀 보았다

아무리 생각해도
잘못 적힌 글귀 같아
주와 진리를 자본으로 바꾸면
답 나오는데.

무골충 인생

나는 시를 모른다
그냥 쓴다

나는 길을 모른다
그냥 걷는다

나는 인생을 모른다
그냥 산다

나는 정부를 모른다
그냥 충성한다

나는 종교를 모른다
그냥 믿는다.

대선공약1

다 내게로 오라가 아니라
나를 당선시켜
준다면

몸 아픈 사람들
모두 공짜로 치료해
낫게 해 줄 것입니다

배고픈 사람들도
모두 공짜로 배부르게
해 줄 것입니다

일하고 싶은 사람들
모두 공짜로 정규직 만들어
주겠습니다

공부하고 싶은 사람들
모두 공짜로 대학 다니게
해 주겠습니다

김철성 시집

집 없는 사람들
모두 공짜주택 영구임대해
드리겠습니다

제발 믿어 주세요
전 누구처럼 공약 파기하는
후안무치 아닙니다.

대선공약2

외교안보 분야에서
전시작전통제권 꼭 가져올
것입니다

중국과 미국
양강 구도 사이에서
대립 아니라 모두 우리 편 만들어
평화의 씨앗 뿌리는
농부 되렵니다

더 확대해
전쟁 없는 지구촌 만드는
구심점의 대한민국이게
하렵니다

당연히 북한과는
쌍방 간 체제 인정하면서
경제와 문화 분야 조건 없이
교류하면서
남북화해 통일하렵니다

핵은 북한뿐 아니라
러시아 미국 등의 핵 모두
인류의 재앙이니
완전 폐기할 수 있게 중재
하렵니다

다음 노벨평화상은 당연
제가 받아야지요.

대선공약3

강대국 상대로
핵위협 가하는 북한 정권 보면
전라두 말로 막캥이
생각나

그러나 한편
진의 시황제가 당나라가 겁먹고
만리장성까지 쌓은
동이족이나 고구려 기상 엿보여

통일을 하면
국방이나 외교 분야
북한 인재 등용해야 겠다
고조선 만주도 우리 땅이니
찾게 하려면.

죽음1
– 나이 40이 되면 죽음 보따리를 싸라(원불교 전이창)

남 일이었다

내 이야기로 넘어왔다
나이 50 넘기니.

죽음2

죽음 앞두고
어찌 두렵지 않겠냐만
비명횡사 너무
억울해

나 군대 수영훈련 때
물 많이 먹어 공포심에
트라우마 생겼어

그래서 언제나
세월호 잊을 수 없어
그렇게 빠지게 두어서는
안 되는 거였어.

돌아온 야훼

나 이외의 다른 신 섬기지 말라는
야훼의 발언 독재였다

그러나 고맙다

나 이외에 다른 신이 있다는 사실
거룩하게 역사하였음을

이제 다시 선포하노라
다른 신들도 나와 같구나.

송림동 달동네

연탄장수 권 씨네 집
열매 빨갛게 익은 산사나무들
사이에 두고
홍련암과 기쁨의 교회가
마주 보고 있다

주일마다
염불 소리와 찬송가 소리가
샘물처럼 흘러
서로 몸을 섞는다

송림동 달동네
하늘이 되고 땅이 되고
맑은 공기가 된다

그 공기 속으로
날아가는 새들도
송림시영아파트 공원마당

해맑은 아이들도
외국인 노동자들도
낮술에 취한 취객들도
강아지들도

네 것
내 것 다툼 없이
가슴 깊이 들어 마신다.

6부

작은 시편

1
눈보라 치는 밤
실성한 철새 꿈꾼다면
지옥 하늘 맘껏
날아 볼 텐데.

2
제목 없이 산다
어떤 삶일까
숫자 모르고 지폐 센다
얼마나 행복할까
죽녹원 눈발 저승 가는 날
공자 아이들 없는
향교 앞마당
개 두 마리 절로
하나 되고.

3
무능력자라야
취업난 해결하고
비겁한 놈이라야
평화 만들고
전국대학 스카이로
정원 없는 무시험일 때
사교육 사라지고.

4
광천동 버스 터미널
믿음 천국
불신 지옥
지구 종말 운운하는
그들만의 창세기 역시
역시 거룩하여라.

5
수박등 오르며
인생은 나그네길 어디서 왔다가
어디로 가느냐
노래하다 생각났던 사람
이도영
주동찬
최동열
형들 사는 저승에도
가요주점 있을까.

6
아내가
올 낙엽 유난히
많이 떨어져 있네요 하던
수박등에 비 내려
한 더미 북으로
한 더미 남으로
쓸려 내려간다
풍수답사 때 가본 남원대강
수촌마을 도랑도
한 줄기 북으로

한 줄기 남으로 흘러
물거슬이라 했지
처남네 고향 철원서도 보았지
못난 새 떼 북으로
먹구름 남으로 흐르는
것을.

7
정치 패거리
예수 패거리
땡초 패거리
패거리 욕하는 그 패거리
재벌 패거리
거지 패거리
패거리가 좋아
험한 세상 기댈 패거리
정말 좋은데.

8
말 내뱉다 움찔한다
대통령 욕하고
19금 얘기해댄 것 같아

잡글 쓰다 다시 놀란다
북한 찬양하고
역시 야한 글 써댄 것
같아서.

9
아직도 그대는 내 사랑
수많은 세월이 흘러도
사랑은 영원한 거 듣다가
송현동 찬바람
아내의 눈물
비쳐 오는데.

10
눈 오는 날
감히 노래 부르지 못하네
눈송이 하나하나
꽃이고
시이고
죽음이어서.

11
늘 헤 입 벌려 웃는대서
독우물 해보짐센이라
동네 풍수 죽자
패철 하나 놓고
지관 행세하는데
망자들 하나같이 입 벌린 게
노잣돈 때문이었나.

12
열대야에 시달리다 보니
다시 보인다
불신 지옥
믿음 천국.

13
송충이 한 마리
으박지른다
너 왜 갈잎
먹지 않느냐고.

14
밤만 되면 주점 불빛
눈부시다
인생 알지 못해도
밤마다 취한다.

15
공부하라는
부모님 말씀 알겠다
공부 없는 세상
어디 없을까요.

16
짐승들 똥 향기로운데
사람 똥 역하다
이제 부터 욕설 바꿔야겠다
짐승 이니라
사람 같은 놈.

17
낙엽 우수수 쏟아지는 날
시가 다 무슨

김철성 시집

소용이라
노래 또한 필요 없어라.

18
옳다 그르다
밉다 곱다
다 무슨 소용이랴
날 새겠다
얼른 사랑이나 하자.

19
술 못해도
술집 가야겠다
취하지 않고
이 풍진 세상 어찌 건너리.

20
어째서
밤마다 붉은 불 켜고 있나
교회 십자가
러브호텔
응급실

거꾸로
인생

밤이야말로 구원 있어야 하리.

21
누가 종 쳐준다
내 묵은 죄 녹아든다
일찍 죽는 것도 슬픔이요
오래 사는 것도 죄가 되는
세상이다.

22
광주천
붉은 물소리
나만 듣지 않았다
낮달 하나 빙긋 웃는
오월이다.

23
(동구3)
동구를
동구라 부르니
절로 해 떠오르고 이내
눈부시어라.

작은 시편, 남도

1
보아서
볼 수 없었네
눈부시어

볼 수 없어도 보았네
깨지 않을
꿈이어서.

2
역사 신화
창세기 따위 쓸데없어라

보아도
볼 수 없는 저
흘러가는 구름 보아라

시작 어디이고 끝
어디인가.

3
감히
바라다본다

여명의 신 새벽
붉은 구름떼

거기
삼국유사 쓰이기 전
미르 있어라.

4
서툴러도
새롭게 불러야 했다

죄와 벌 모두 놔버린
나의 노래여

오늘은
어제가 아니었다.

5

묵은 것이야 말로
새로움이다
진보다

구속이야말로
진실이고
자유일 때 있다

우상 하나 쯤 있어야겠다
우리들 세상 너무
건조하지 않은가.

6

행복이라는 게
기쁨이라는 게
얼마나 얄팍한 것이냐

불행이야 말로
슬픔이야 말로
얼마나 깊은 것이냐

거꾸로
인생

낙엽 무엇 때문에
지고 있는
것이냐.

7
낯선 벗
늘 새롭고

우연이야 말로
필연인 것

서슴없이
붕우인 것을

누가 뉘시냐고
다시 묻는다.

8
아직 모르겠다
이 가을

한 생애를 건 꿈
다시 꾸는지

어디선가 꽃 몽우리
터지는 소리.

9
고향에서
고향 그리워하는 것

그야말로
춘몽

역사로부터 멀어져
비를 맞는다.

후기

시라고 해봤자 결국 세상 이야기입니다

시인의 꿈

아니

다스려야만 된다고

지도해야만 한다고 헛소리해대는

위정자들 빼놓고는

모두

시 없는 세상 꿈꾸겠지요

시나 노래 필요 없는

세상은

나눠 먹으니 주림 없는 세상

아픈 사람 없으니 병원 필요 없는 세상

살인자나 사기꾼 없으니 사법기관 필요 없는 세상

자연과 문명 공존 공생하니 재난 없는 세상

전쟁 없으니 구태여 군대나 핵무기 같은 것도 필요 없

겠지요

시라는 게 결국 세상의 필요악 아닐까 싶네요
꿈같은 이야기인 줄 알면서도
또 꿈꿔 봅니다.

'시 없는 세상을'